歌集

藍の紬

石川満起乃

Ishikawa Makino

青磁社

藍の紬＊目　次

石川満起乃歌集

藍の紬

花桃

階段を下り下りて地下の駅過去を地上へ置き去るごとし

ががんぼは交尾のかたちくずさずに飛び立ちゆけり人界の外

ひとつずつ霊をやどさんさくら花白き空間に溺れて立てり

追いこしてゆく青年と重なれる影白々と晩春の坂

花桃は一気に笑いどの口も塞ぎようなし落日の下

シースルーコート

蟬の羽のようなコートを縫う指を五月の風が時にくるわす

地下駅を乗り越したれば後の世の如き明かりにとり囲まれて

振り向けばせまる夕日がまといつき渡らん橋に躓き多し

アンテナに小鳥の声の頻りなり五月の空の青へ沈まん

二十四時ヒールの乾く音ひびき今日の最後の短調の消ゆ

風の足あと

蔓薔薇の垣根にそえば花びらの白ちりぢりに風の足あと

夕ぐれをホテル出づれば雨の街流人のごとく灯を縫いてゆく

大鋸屑に一ミリの虫あまた湧き梅雨の夜明けを侵さるる脳

花びらは薔薇の肉体大輪の二十五本のオレンジか炎ゆ

壺の薔薇二十五本は橙の色を深めてあなたの火色

夏の日

おにやんま日ぐれの道に死んでおり羽を透かせて夏の入口

ちょっとだけ背を水平にのべたれば全身たちまち睡魔の水辺

信号を無視の野鳩がくいくいと首のリズムに横切る車道

油蟬あしたのすだれに止まりおり日のさすまでの息の青さに

うたたねの夢に作った歌一首午後の日ざしに蒸発したり

夏のまん中

三十度に刃を開きいる裁ち鋏夜更けの灯りへ翳を切るべし

大雨の地面流るる水さわぐましてて川ゆく時の放蕩

連日の三十七度に焦げ付いた地表を剝がす昼の雷

熟したるミニのトマトが口中に広がる時が夏のまん中

スニーカーに雷雨の舗道踏みてゆく後へは引けぬ夕暮が来て

初秋

初秋のけやき並木の陰を行く水切るごとく振りゆくかいな

この夏の湿気を吸いし縫針がしわぶきのような錆噴きいだす

猫じゃらしこちらへ靡きそうな穂が風に甘えてまた彼方向く

あの家もこの屋も跡取りなき村の石碑ばかりが豪勢に建つ

秋雨を意識の底に聞きながら午睡の脳がさまよっている

金木犀

大風の過ぎしあしたを敷きつめて金木犀の恍惚の庭

冷蔵庫に一本残る缶ビールまだ引きずっている夏の仕事

住所録繰りゆく指が亡き人の名へ線を引く霜月へ入る

一キロの栗を剝きつつ夫といるこの夜も我の一世のページ

ほのかなる紅色おびて栗めしの炊き上がりたり　母遠くして

晩秋

刈られることのなき穂をつけて霜月の蘖の青夕べ揺れざる

晩秋の霧に流るる残菊の紅いろ黄いろ悲観にも非ず

すじ雲が空へ空へと突きささり特定秘密保護法案通る

あなたである筈はないのに車より降り立つ男が幻影を生む

日月はうすき闇間に呑まれたり紅色ざくろの口の無防備

極　月

椅子の背にサンタクロース凋みおり霧のあしたを腸ぬかれ

あなたの声とわたしの声の間にしばし沈黙のあり鼓動を探る

刺すような師走の街の赤信号いきいきとして人間仕切る

極月のうす闇のなか立つ野火の地球を燃やしているような赤

てっぺんを結わえていくつ並びおり冬の白菜は畠の地蔵

大寒

わが膝に入れし二つのセラミックス幾年経ても骨にはならず

病める人喪中の人へ出す手紙寒の夜ふけの言葉がやせる

大寒のあしたをはじく絹糸が澄む音立てて空へ奔れり

大寒の日暮の雨のしぶくなか熱き恋唄身へくぐらせる

暮れてゆく三条河原町そぞろゆき冬の豆腐をふるふる食べる

冬の夜

寒風の坂を下れば顔を打つ雪のつぶてが裡まで詰まる

冬の夜は大根とおろり煮つめつつ一世つくづく終章に入る

少年が雪壁蹴って舞い昇るスノーボードを抱きとめる空

氷上を声が導くカーリング漬物石をころがすようだ

遠くよりマイクの声の流れきて我が読む本の文字が飛び散る

尾花

新聞の上にひとすじ髪が落ちまた読みなおす秘密保護の記事

穂も茎も白く曝して立ちつくす冬の尾花は風の標的

山巡る腸のようなる二車線を空へまぎるるまで走らせむ

物置から出した諸諸また戻す捨て切れざれば臓器のごとし

草もちの焼ける匂をこもらせて窓を閉じたり三月の雨

春の午後

ミレー展午後の館内靴音に〈種まく人〉の種がみだれる

しばらくを着尺を切らぬ裁ち鋏春夜つめたきさび吐く気配

白熱電球のスタンドの下に書きためしかの日の手紙海に流しき

もうとうに鬼籍に入りし人の声　あの日のままに桜が吹雪く

蟋蟀もバッタも人の食糧とならむ未来をテレビが報ず

顔

美容室の鏡のなかの我が顔に見なれるまでを一時間経つ

たっぷりと夜があるとはもう言えぬ時を失う長き電話に

悔しさを秘めたるままに向き合えば白いカップの把手が歪む

鉛色の空となりたる夕ぐれはいかりのように両膝いたむ

夜なべにはゆっくり針を運ぶべし灰紫の夏のコートに

美山の里

美山の里に青く降りつむ夏の日が合掌造りの屋根に染みゆく

唐箕を廻せばきしっと音立てる風の記憶は忘れただろう

美しき細き足首持たず老い真夏の四条をサンダルに行く

むらさきの指先ほどのバーベナは忍耐という花言葉もつ

河原町通りをひとり下がりつつ背筋をふとも立てなおす　秋

藍の紬

生き物のにおいじわりと放つなり藍染深き紬を裁てば

絹糸は縫ったあとから沈みゆき藍の紬はのっぺりと海

集団的自衛権通る記事の上灯りの下の虫がさまよう

万緑の山路を辿りゆくときにまたたび白き葉うらが光る

白鷺が水面を歩くぬき足に七月の雲くずれゆきたり

颪の子

春秋を経て今日会えば颪の子の無口をきめる青きTシャツ

小さなる画面にあやつる戦いをひと日やめざる男の子の指は

おしよせた孫子七人戻りゆき晩夏の空へはく息乾く

欲望のすべてを今は放すなり八方鏡の迷路をたどる

夏果てる夕べの雲へ紅色の紫蘇のジュースのカップを捧ぐ

秋の色

さっきまでわたしの頭で生きていた髪の尻尾が床にざわめく

駅の階登って下ってこの世なる我の時間が小刻みにすぐ

うす黄色すかせて茗荷が咲かす花秋の木陰の微笑のような

一日をくもりのままの空の下刈田の匂をまといて歩む

母と義妹の心のずれを聞き止めて今朝ひとしおに足が冷えゆく

秋の夜

ふるさとに百四歳の母のありあした背すじをまた立てなおす

甘すぎる栗まんじゅうの真ん中は深き奈落のようだ秋の夜

径の端の野菊の花の一つずつうすくともりて野の散文詩

菊月のあしたを縞の単物肌にそわせて会いに行く空

甘露煮のひらたき鮎に茶に染まる卵詰まれり秋の灯の下

晩秋の雨

年年にほそりゆく指贋物の指輪は一つひとつ捨つべし

もらいすぎた金にうるうる後悔が広がり始む霜月の雨

足裏はつぼのつぼだとひとの言う溜息のつぼあしたは踏まむ

視線ふと背に感じつつ朱色のコートを羽織る街のあかりに

指貫をはずせばふっと緩みたるからだの芯へ空気を入れる

晦日

冷たさが指の先へと集まりて針の運びの鈍れるあした

梅さくら菊もかえでも冬の日に一気に咲かせ仕上げる晴着

片付けたつもりで積んだ本の山くずれて晦日の夜の濁音

糸むすび忘れた絹糸すべり抜け今日さえ戻れぬ命を生きる

広い窓のむこう音なく車行き人行き冬の日ざし繰りゆく

寒の風

枯尾花きえゆくすべを持たざれば世を吹く寒の風になぞらう

死ぬ覚悟そろそろせよは言外に男が勧める養老保険

何の罪木は負うものか街路樹の太幹伐られて冷ゆる年輪

透明な空へ空色ひろがれる一月一日息ふかく吸う

初天神境内うめる人の波　海彼にテロの集団がある

冬

目薬と漢和辞典がわれの助手冬の曇りのひと日が暮れる

京の街小路をまがり小路ぬけ天神さんへ　日の梅に会う

雲梯は青空の足三角にふんばりながら風の子を待つ

動くたびコキッと鳴る首一世かけつみし積木のひとつ崩れむ

針山に寝ている針を起こすなり春をふくんだ日差しの窓辺

春の街

靴ひもを結びなおして歩み出す四温の街の横断歩道

追憶は捨てて生きよと風の昼告げて冬鳥飛び発ちてゆく

夏でなく秋でもなくて冬の茄子むらさき色の遠い風景

黄のバラの花束ゆらし晩冬の夕べの街へ女が消える

橋を越え小道を曲がり愛ひとつ返しにゆかむ冬の終わりに

三月の雨

お世辞などふんわりのせて切る電話数十キロを隔てるひとへ

千代紙で折るおひな様三月の雨を引きよせ座りが悪い

太陽の色に咲きたる金盞花ひと束買えば春のまん中

蒲公英が小さく上げる黄の拳野を占める時ざわめきを呼ぶ

冷凍の餅を焼く昼ひっそりと花の散りたる木に雨が降る

光をきざむ

浴槽の水位の上がり真夜中のわが容積が灯にゆれている

真っ白な毛皮の脱げぬ犬に会う夏日の日暮声立てず行く

階下り水を呑まんと思いつつ男の単衣がまだ仕上がらず

読点よりも小さき蜘蛛の現れてわが文字乱し浮遊をはじむ

はつ夏の光を細くきざむなり伏見稲荷の千本鳥居

六月の野

六本の足を動かし這いまわる五ミリの虫の灯の下の意志

野あざみと蛍袋の風にゆれ黄蝶を追えば野は迷い道

遠くから投げたる赤い鉛筆が皿におさまる運命もある

茎細きその先端に毬ゆらす野のアンスリューームは風の落し子

まかがやく夏日の午後を萎縮する脳のごとき紫陽花の紅

青い日ぐれ

木屋町の路地を入って路地ぬける鴨川の床水の夏なり

料理屋の床から見ている鴨川の青い日ぐれのとどめあえなし

日の下に咲き続けたかった向日葵を切子ガラスに挿せば俯く

七月の石塀小路の石畳しずもり深き京都が満ちる

アイライン太きおんなを斜かいに見あげる時の夏はこわいよ

晩夏

窓の灯をよぎりて闇へ消えゆきし白き蝶あり夏の切り岸

他所の軒借りて立ちいる雨宿りしおきのごとく地につかぬ足

幼子の甘える声をおよがせて真夏の夜のコンビニは船

もう汗の出ない晩夏の腕さらしホームに立てば風の旅人

晩夏光すももの色に傾く日山形裕子の全歌集来る

秋へ入る

パソコンは底ひに深き迷路持つあなたの住処ひととき不明

折紙の鶴をほどけば一枚の花の湖へと姿を消しぬ

わが父祖の百年前の屋敷跡山椒の群生は生きている遺書

秋へ入る日暮の風にそいゆけば自閉の影がはなれずに来る

一党支配否一人の支配なるこの国覆う灰色の空

空の重さ

一人がけの腰掛とびとびにある公園日暮は空の重さが座る

紺色の深くなる街ヘッドライトにさぐりゆくとも今日を失う

秋の日のしずくのようなうすみどり皿にかげおく葡萄二つぶ

2Bのいつもの鉛筆に逃げられて朝の思考がそれより止まる

香煙の流れて読経終わりたり秋の樹間に母の声消ゆ

初冬

きしきしと昼を縫いつつ鴇色の襦袢の絹がわたしを包む

庭の木へ夫が鋏を入れてゆく冬の予告の音ひびかせて

地下鉄にかならず本を開きいる尖れる靴の男長身

からからと歩道の落葉をふみてゆく初冬の洞の奥へ紛れむ

リハビリの椅子にあずけた十分間体の芯棒こきっと伸ばす

冬のあした

指先が体の遠くにあるようで冬のあしたの針の進まず

うつむきて紺の着物を縫うひと日感情線のやせてゆくなり

自らに号令をかけ登る坂積乱雲が呼びかけるとも

夕ぐれはだあれもいない公園にジャングルジムの格子が赤い

伸びすぎた皇帝ダリアのうす紅は霜月の空もう見上げない

ローソン

白色光満たしてローソン開店す夜寒の底へ人集めむや

長方形の白き建物ローソンのまた一つ増え夜を侵すなり

夕ぐれのショベルカーは俯けり寒の黒土息とりもどす

草の穂のようにゆれつつ声立てず快速電車に運ばれてゆく

餌をさがす鳥の目をしていたるらし中年の男に席ゆずらるる

春の日差し

真夜中の雪をともない来る風の地を這う音に耳が目覚める

指先へ春の日差しのたどりつき針の速度をうながすあした

灯の中へ昨夜失いし絹針が嘲るように冬日を反す

パソコンの手紙の宛名は墨書なり差し出し名は判子にて来つ

夫は西我は北へとそれぞれの病院へ行く老いの風負い

コンビニ

二十五時眠らぬように慣らされた人間を呼びコンビニ灯る

とどまらぬ時の流れの夜昼を灯すコンビニ人を吸い込む

図書館の書架のあわいに余寒ありエッセー集の背文字を辿る

羊色の空のひかりに千代紙のひいなの重ねふくらみゆけり

2Bの五センチばかりがまだ減らず冬の寒さへ戻る雨降る

庭

免疫療法受けるという声掠れおりこの世あの世の境より来る

葉のかげに桜ん坊がほつほつと膨らみはじむ日の子のように

日を欲りて枝をのばせる紫木蓮　地球の日々の鎮もりがたし

病院のま白き部屋に臥しおればこの世の音はきれぎれに来る

山桜白く浮き立つ四、五日亀岡盆地の山がほほえむ

五月の光

コンビニの広いガラスにうつむきて負債おうごと私が歩く

つつじの花ひとつひとつを訪う度に挨拶をする蜂のブンブン

連休のあけの公園シーソーに葉ざくらの影落ちてかたむく

むらさきの山脈伝い来る驟雨地震に遠くこの街に住む

縄のごと登りゆきたるくちなわが木へ同化する森の暗がり

矢車草

水無月の風が窓辺に集まればうすむらさきの布飛び立たむ

ひかり増し火星近づくこの夕べ夜なべなどする命みじかく

裁ち切って今日縫う無地の一つ紋この先我より長く残らむ

矢車草一輪いちりん風を呼び畑いちめんの湖のさざめき

一生懸命咲くどくだみの花の白空の低さを押しあげながら

夏の昼

黒の絽に黒の絹糸しずみゆきひるのまなこの浮遊やまざる

マンゴーのゼリーするりと掬う昼こだわり失い夏を生きいる

乗り越した駅に降り立つ夏の昼罪のごとくにベンチ焼けつく

不意に来し夏の夕立ガラス窓を流れる雨滴は地球の慟哭

鐘つき堂に老柴犬のつながれて木の蔭揺れる夏の山寺

八月の風

星野道夫の文字さわがしき写真集書架へもどして風の中行く

竹林に青く流るる風を切り歩く嵯峨野に記憶がゆれる

切絵のように網戸にひたとはりつける青さび色の羽を蛾は持つ

大いなる墓石ばかりが並み立てる限界集落声なき日ぐれ

燃え残った花火のようなかやつり草八月の土手入り日の長し

弟

昇天をなすにはあらず透明のエレベーターに息を詰めいつ

大梟大いなる顔と大きな目地球を見まわすごとくに動く

ランニングに着ていた赤いポロシャツで帰らぬ旅へ弟は発つ

髪の毛の薄くなりいし夏の頃坊主修行と言いて笑いき

通夜へ走る高速道路にともる灯のあの世へ続かむばかりに並ぶ

秋の野

ミットへと球の収まる音ひびき午後の校庭空へまじわる

一枚を仕立て上げれば針山の針を揃えてひとまずはおく

カーナビは指示者の声を出し続くトンネル抜けたら空走るべし

はじまりも終わりも見えぬ雲の帯模糊たる明日が我を待つなり

診察を待ちて二時間声出さぬ国会中継見あげてからっぽ

霜月の風

いずくにか風鈴の音霜月の風鳴くような流人のような

本、衣類断捨離を待つ物あふれひと日の末をまた靄の中

羽先の黒の曲線ゆるやかに空切りながら飛ぶこうのとり

天空へ広げたる羽二メートル黒き羽先のとじられるまで

ひこばえの稲穂が風にあらがえりかけつけ警護へ発つ自衛隊

極　月

村雨に顔斜かいに打たれゆく早き日暮は裏切りに似て

しんしんと師走の夜が人の世を削りゆくなり北の地は雪

葉の落ちし銀杏並木へ広がれる極月の空へ悔い放つべし

血の止まるまでをかたえの歌集読む人差指を針に刺されて

かすれ声残して去れる昼鴉過去も未来も消えそうな空

寒

右半身青いろ左火の色の振袖ぬえば夜をくるめく

夕ぐれの風がなだるる褐色の冬の野面へ左脳をすてる

寒の書架ふた巡りしてつづまりは角田光代を引き抜いており

ぐらぐらと宙の奥より来る雪のこの世のいかり滾つがごとし

とっぷりと日の暮れ落ちて漆黒を来る雪片のやわき暴力

冬の手のひら

冬の竹撓いつづけてわたしからわたしの出られぬままに夕空

真夜中の雨戸をたたき続けるは風従える冬の手のひら

ドライアイへ注した目薬頬つたい涙ではじまる今日の私

ヘッドライト歩道を照らし暗やみのわたしが時々蘇るなり

きさらぎの遊びのごとし猛吹雪ののちの日ざしのうす青い空

春の日

日陰より日当たる側へ歩を上げる人あり日かげに眇して立つ

傘を打つ三月の雨まだとがり冷たき音から逃げられもせず

バイキングに胃袋満たせる女たち死は遥かなる気分に歩く

死という語しばしば会話の端に上り春日の午後を口紅褪せる

雨の日も春日の街を行く時も我には一世の旅の終章

吉野山

菜の花の黄の饒舌が空ゆらし雲走らせて日の暮れがたし

七曲りただよいながらまがり来て花の行方を追う目となれり

花ゆらす風もなき昼散りゆけり近くのさくら遠くのさくら

七曲りまがりて歩む吉野山はなの鼓動がめまいをさそう

空の色藍をおびゆく黄昏に風の道ありみもざが揺れる

空へ

氷片をひとつ含みて夏の日へいくさのごとくスニーカー履く

空占める真白き城を見上げつつ天へ近づくごとくに登る

姫路城の天守ささえる大柱木目はふかき息はき継がむ

姫路城五層七階くだり来て首にまとえる平成の風

花びらの不意に飛び立つひとひらは時間に紛れ空に紛れむ

六月の白

どくだみの十字の白が見ひらけりあの日しずめし炎のかけら

壺に挿す白のきわみのカサブランカ崩れるまでの日夜を悼む

この一歩さえも戻らぬ時あゆむ虎杖のぞく夕かげの道

雲の上を歩きたいなら今だよと昼の水田へ風がさそえり

五年日記もうすぐ終わる再びはもどらぬ時の文字を沈ませ

有漏

注射器に抜かれゆく血の赤黒し八十年の有漏にそまりて

藍深き絞りのゆかた縫う午後の両の指先うすきあお帯ぶ

夏空をひと時占めて絶唱の蟬のひと生に忖度のなし

みどり濃き山を背に飛ぶまっ白き一羽追う目の鳥にはぐれる

黒い服黒いパンツに黒い靴夏を煮つめたようなるおんな

残暑の風

人生は紙芝居さと唄ってたひとの逝きたる世をなお生きる

浴室にはびこる黴を退治して単細胞のひと日がくれる

友の死は不意に告げられ耳奥の冷えゆくような時流れいつ

友の死を聞きたる残暑の風ゆれて頭の中がもつれはじめる

二年坂三年坂に下駄の音ゆかたの女アジアのことば

月　日

社殿まえ座りつづける狐さま伏見稲荷に人は流れて

ＡＴＭ通しし通帳そろり見る明日の生をたしかめるように

美女杉は男のように太く立つ立山見上ぐる月日を積みて

夏草の茂るフェンスに下がりいる破れたポスターの議員の男

赤い種やどしてぶらり苦瓜は秋のはじまる前の中空

藤袴

歩みゆく自が影さえも失えり秋の日ぐれはけもののようだ

藤袴かかえるほどにもらい来る壺に野末をひろげむ夕べ

降りそうで降らないままの街角に作り笑いの候補者ポスター

秋雨のひと日降りつぎじんわりと赤い袖口さむさを呼べり

斉藤斎藤さんのさいの字が同じでないこと昨日気付いた

私の今日

急行が普通電車を追いこして私の今日へ日が落ちて来る

反対を叫びしデモももう聞かず原発再稼動の記事読むあした

一周忌の弟を訪いて戻るなり赤くにじんだ街が流れる

洗濯物縫い目にそいて畳む夜忍者のようにかめ虫ひそむ

人工の光あふるる地下街にたゆたいやまず我の脳漿

冬に入る

一週間おくれの返事綴りいつ日暮のカラスさえもう鳴かず

くいくいとホームを歩く二羽三羽鳩の羽色左右対称

救急車師走の夜をせきたてて去れば微塵の空気のふるえ

ティーポットに紅茶残して立ち上がる三条通に午後の日が満つ

伸びすぎた爪抵抗の音たてる夜ふけにめくる歌集のページ

雪

真夜中をかすか軋ませ身をよじるが我が歳月の消えてゆく音

肩に胸に止まれる雪を払いつつ弛められない歩幅にあゆむ

「代金を入れて下さい」スーパーに機械が命ず女の声に

夕べ固く閉ざしたはずの門のとびらがゆるむ　話がちがう

いつまでも冬の夕日を引きよせて幸せそうに山裾の町

三月の風

わが寿命そこに記されいるごとく医師が告げいる血液数値

目はななき紙のひいなの花衣ほんのり温い白き宵なり

枯れし葉を僧衣のごとくまといつつ一樹立ちおり森の入り口

坂道を登り切りたる風の中生きなおすごと背すじを伸ばす

冷たさとぬくとさ混じる三月のホームの風にうなじ撫でらる

冬去る

散らばれる枯葉の中の一枚が用あるごとく車道駆けゆく

右手もて左の指をあたためる寒のもどりの四、五日続く

いつの間に時はわたしの敵となる口紅一本買い来たる日も

三月の光の白さに咲く辛夷あおぐ夕べの血がくろく立つ

夕ぐれを花は崩れて散りゆけり逝きにし友のかげ遠ざかる

桜の空

ゆるやかな声もて昼の鴉鳴く桜の空に火車のなければ

白淡く歩道おおいし花びらの夕照りのなか宙へ還りぬ

草萌えの表紙一冊書架にぬき岡部伊都子に出会う午後なり

アンテナに野鳩の鳴き声まだ続く記憶をほぐし紡ぐエッセー

しおり紐なき一冊をたずさえていずこへ行かむ夜の電車に

五月

公園のれんがの道の紅椿はなびらおもし感情線に
満開のさくらが反す白光がまなこの奥へ空ひきよせる

集団の中を飛び出すいち人の青ランニング湖風にのる

立ち漕ぎの少女のフレアースカートが風の真中を羽になりゆく

水張田が五月の空を引き寄せる宇宙へ行けぬわたくしが立つ

梅雨の頃

音のなき音に羽うつ黄の蝶のまばたきの間に宙へまぎれぬ
日をまねき風呼びよせて音のなし黒き紋もつ蝶の矜恃に

梅雨の野は銀鼠色に暮れ残り歌会がえりの私がしずむ

たましいを闇に落とした三ミリの虫がちろちろ灯に迷いおり

湖のような森あり東京に明治神宮しずめて深し

三十九度

閉め切った冷房の部屋に三時間八人のこえ飽和状態

頭髪の中まで熱い日の下に雑草と呼びみどり引きぬく

夏の日の燃える真昼を眇して梅ジャムとろり煮つめていたる

三十九度の熱射をあびて電柱の陰とも言えぬかげへ寄りゆく

三十八度の夏ふくませた梅干を夜深ぶかと壺にねかせる

夏の終わり

桃色の杏のジュースさよならを告げたる後のような酸っぱさ

夕ぐれの女二人の立ち話夏の終わりの風吹きたまる

ガラガラを回して貰ったサイダーが夏の終わりを延ばそうとする

川石を足裏にとらえ水をゆく遊びいっこく夏の千金

朝食のとうふなめらかにのみど越す山の一膳風といただく

雨の街

夢の中を泳げるように雨の街並びて行けば湿る手のひら

丸善へ地下階段を下りゆき別れしのちの息を吐きたり

心にもなき賞讃の一葉をま昼のポストにひらっと落す

強風も微風もかたち見えぬまま私の傘を押して来るなり

きじ猫は二本の前足揃えおく思案の時も空見る時も

秋の日

藍色を深めて秋の能登の海母韻のような波音かえす

かまきりは無言を残し消えたりき逝くべき秋の夕やみの使者

花びらの白ゆらしつつ酔芙蓉赤い心へいつすりかわる

お揃いの衣裳と顔の若者がきらきらうたう空転世界

金木犀の香る垣根を通りすぎ瀬音たぎれる土手を行くなり

時雨の頃

山茶花の白かさねたる花弁のひとひらずつの時雨のわかれ

侘助のあしたを開くはなびらのこの世の純と言わん真白さ

踏みしめる落葉が乾く音立てるひと生のうちのこの秋の音

南区を北へとあがり西へ入る又路地さがる老人ホーム

みどり色のインコが小さく囀りて老人ホームの午後の空白

今日

山茶花の炎のごとく咲く一樹見上げしのみに別れて来たり

穂すすきの群生白き夕の土手黒く小さきわが影が行く

ぶらんこもジャングルジムも夕焼けて耳冷えながら老いてゆく街

ゼブラゾーン塗り直されて白の立つ羽化する如く渡りゆくなり

街路樹の落葉まき上げ行くバスの終点まではまだ少しある

冬空

土手の竹切り倒されて冬空がにわかに広がり額にせまり来

世の中を変えてゆきますと声からす当選すれば風の空言

五ミリほどの金平糖のとげとげを分けあいて食む冬夜の底ひ

寒の雨ひと日降りつぎひと日冷ゆ他人の声を聞かざるひと日

寒空の工事現場に老人が重機のしもべとなりて旗振る

きさらぎの風

坂道をのぼり切ったら背をのばす山のあなたに届かぬひと生

寒風にさらしたように乾く指糸と針とがにげてゆく朝

きさらぎの細枝をうめし六花なり朝日の中に光りつつ消ゆ

きさらぎの風吹く野辺の犬ふぐり昨夜の星が落したひかり

スーパーに貰いしままのポイント券一拍遅れの日々を重ねる

三月の光

これ以上の黄色はないと枝伸ばすみもざをゆらす風の手の平

三月の光をゆらす雑木木のかたわら過ぎて見ゆる晩年

腕のなきトルソー部屋に立ちつづけ肩につもらす戻らぬ時間

恋猫の鳴き声とおく聞こえきてくずされてゆく春夜の思考

モノクロの写真に見ればビル群は林立をする石碑のごとし

春の雨

川土手の水の流れにさからいて歩めばひとり旅人の息

休日の病院訪えばたましいを細くちぢめて裏口より入る

私たちいつか死ぬねと言いながら茶碗を洗う影をゆらして

家計簿の計算より余る百五円今日のくもりの余滴だろうか

細き雨春の終わりの夕べ降る傘透きながらあしたは不明

五月の風

手の甲の傷少しずついえてゆくまだ再生の肉の残れる

むれている人を視野よりすてながら十二時半の教室を出る

通過駅いくつ過ぎつつあおぐ空私の今日が飛び去ってゆく

立ち漕ぎに坂登り来るまっすぐな少女の足の我がまなこ射る

屋根まるく浮かべる墨絵の前に立つ遠いモスクに霧生れいむ

あじさいの頃

感情線のひだを細めて歌集よむ昼の病院まちあい室に

八メートルの鯨の命うばいつつ商業捕鯨と人間は言う

サンダルが一つ落ちてる片足に天をけり上げ男去りたる

ふるさとの家へも今や行くことに来て下さいと義妹が言える

切り分けし牛乳寒天灯に揺れるゆれるわたしが匙を挿すまで

夏

国道を駆けぬけて行く自転車の青いTシャツを夏の陽が追う

嫉妬心住める体を揺られいつ午後の電車に濾過されるべし

着るひとの顔知らぬまま縫う晴着花橘の手に透けるなり

目の痛みおおさえ圧さえて仕上げたり午前一時の月は冴えいつ

わが指の熱をあなたに伝うべし紺地のゆかた今宵縫い上ぐ

右耳

片足をくの字にまげて鶴は立つ月を呑み込むまでの瞑想

右耳の底ひの痛む夕ぐれは地軸はなれてただようごとし

一本の蔓草壺のくらやみに白き根を出し生きなおしおり

軍服の六頭身の石像の七十余年　村墓の老ゆ

この夏のおのれ煮つめむブルーベリーパック一杯鍋に移せり

秋の日に

朝鴉カッカッカッと時削るごとき鳴き声　夏を失う

敬老の日の栗おこわ灯のもとにうすい情けのような色なり

水力発電火力発電原発のわたりゆく屋根秋日がけぶる

二十五時何処か電話のベルが鳴る宙へ呼び出す声など秘めむ

ささがきの牛蒡も入れて炊き上げしご飯が今日の我の言の葉

かげ

回送のバスが行くなりわたくしの花の時まで乗せてくれぬか

赤いシャツ赤い靴ひもの少年が一人駆けゆく風の先端

ＣＴの肺に写った白いかげバランスをくずした白鷺のよう

肺の奥の白いけものが羽撃いて咳が飛び出す秋の夕ぐれ

明日からどう生きようか取りあえず家計簿を締め日記帖閉ず

闇

秋草の花粉がズボンについて来た世間の端を歩いたらしい

眠られぬ夜陰にあれば匂なきあの世この世の闇がとり巻く

来年の手帖が届くどこまでを埋めて生きるか　夕空あおぐ

他人の死はこともなく来る回覧板に男の葬儀の日時書かれて

六ヵ月の余命と若き医師の声まっすぐ我の肺をつらぬく

水甕叢書第九〇五篇

歌集　藍の紬

初版発行日　二〇二〇年五月六日
著　者　石川満起乃
　　亀岡市西つつじヶ丘大山台一－一六－八（〒六二一－〇八四三）
定　価　二五〇〇円
発行者　永田　淳
発行所　青磁社
　　京都市北区上賀茂豊田町四〇－一（〒六〇三－八〇四五）
　　電話　〇七五－七〇五－二八三八
　　振替　〇〇九四〇－二－一二四二二四
　　http://www3.osk.3web.ne.jp/~seijisya/
装　幀　加藤恒彦
印刷・製本　創栄図書印刷

ISBN978-4-86198-461-7 C0092 ¥2500E